当当网终身五星级童书

★ ★ ★ ★ ★

我不是胆小鬼

[法] 克利斯提昂·约里波瓦 / 文　　　[法] 克利斯提昂·艾利施 / 图

郑迪蔚 / 译

21 二十一世纪出版社
21st Century Publishing House
全国百佳出版社

克利斯提昂·约里波瓦(Christian Jolibois)今年有 352 岁啦，他的妈妈是爱尔兰仙女，这可是个秘密哦。他可以不知疲倦地编出一串接一串异想天开的故事来。为了专心致志地写故事，他暂时把自己的"泰诺号"三桅船停靠在了勃艮第的一个小村庄旁边。并且，他还常常和猪、大树、玫瑰花和鸡在一块儿聊天。

克利斯提昂·艾利施(Christian Heinrich)像一只勤奋的小鸟，是个喜欢到处涂涂抹抹的水彩画家。他有一大把看起来很酷的秃头画笔，还带着自己小小的素描本去过许多没人知道的地方。他如今在斯特拉斯堡工作，整天幻想着去海边和鸬鹚聊天。

图书在版编目(CIP)数据

我不是胆小鬼/(法)约里波瓦著;
(法)艾利施图;郑迪蔚译.
–南昌:二十一世纪出版社,2011.10 (2012.8重印)
(不一样的卡梅拉)
ISBN 978-7-5391-6899-9

Ⅰ.我... Ⅱ.①约...②艾...③郑...
Ⅲ.图画故事–法国–现代 Ⅳ.I565.85

中国版本图书馆 CIP 数据核字(2011)第 189960 号

我不是胆小鬼

作　者	(法)克利斯提昂·约里波瓦 / 文
	(法)克利斯提昂·艾利施 / 图
译　者	郑迪蔚
责任编辑	张海虹　　美术编辑　徐　泓
出版发行	二十一世纪出版社
	www.21cccc.com cc21@163.net
出版人	张秋林
印　刷	北京尚唐印刷包装有限公司
版　次	2011 年 10 月第 1 版 2012 年 8 月第 8 次印刷
开　本	600mm×940mm 1/32
印　张	1.5　　印　数 178601-208600 册
书　号	ISBN 978-7-5391-6899-9
定　价	8.80 元

本社地址:江西省南昌市子安路 75 号 330009 (如发现印装质量问题,请寄本社图书发行公司调换 0791-6524997)

给克蕾芒斯和玛格艾特，两位认真、负责又充满激情的母亲。

——两位克利斯提昂

鸡舍里传来一级战斗警报。鸬鹚佩罗扇动着翅膀高声喊道："有敌情！赶快占领制高点！母鸡和孩子们快点躲起来！"

　　不远处的森林边上，一只饥饿的黄鼠狼，正两眼紧紧地盯着鸡舍。他舔舔嘴唇，想象着所有鸡蛋都被他吞入肚中的情景，心满意足地打了个嗝。

　　小公鸡纷纷站到围墙上。为了震住敌人，他们一个个雄赳赳地展示出自己的肱二头肌，想让黄鼠狼知难而退。

饥肠辘辘的黄鼠狼看到小鸡们没被吓跑，便嘲讽道："瞧你们这帮小鸡，除了会摆几个花架子还能干什么！比肌肉吗？我也有！"

　　"肮脏的家伙，在我揍你之前，赶紧滚远点！"小胖墩愤怒地喊道。

　　大嗓门接着叫阵："你吓唬不了我们，有本事你就过来呀！看我不把你打成肉酱！"

"为什么这个坏蛋总是在我们鸡舍附近转悠?"
卡门不解地问。

"很简单,因为他是黄鼠狼!"卡梅拉解释道,
"天气越来越冷了,这家伙没有过冬的食物,就打起
咱们的主意。他想冲进鸡舍,抢走我们的鸡蛋。"

"野蛮的家伙,想抢走我们的鸡蛋,没那
么容易!"卡梅利多愤怒地冲了出去。

被激怒的小公鸡们吵吵嚷嚷地要去教训一下黄鼠狼。小胖墩、大嗓门、鼻涕虫、小刺头、小六子跟着卡梅利多不顾一切地冲了出去。

　　"怎么样？胆小鬼，怕了吧！"

　　"把这坏家伙赶出去！"

　　皮迪克和鸸鹋佩罗没能拦住这群年轻气盛的小伙子，只好大声喊道："快回来，孩子们！危险，等等我们！"

　　"成功了！"黄鼠狼边往回跑边说，
"没脑子的傻公鸡上钩了！"

母鸡们望着远去的小公鸡,十分担心。

小公鸡们越跑越远,不管对手有多凶猛,他们都准备去打一场硬仗。

"别担心,有皮迪克和佩罗跟着小战士们呢!"卡梅拉安慰大家。

"哇啊!这些点心看起来很好吃……"卡门惊奇地喊道。

"出什么事了？为什么地面在抖动？"贝里奥说。

"不好啦！"卡丽姨妈惊慌地大喊，"大难临头了！我看见森林里突然出现了很多可疑的身影。赶快回鸡舍！"

"大家不要惊慌！"卡梅拉大喊道，"照看好孩子们，一个一个进屋！"

卡门和贝里奥停下脚步，对小伙伴说："小迷糊，小淘气，小贝克！别玩了，外面有危险！赶紧回家！"

太恐怖了！一群凶恶的黄鼠狼在强盗巴巴的指挥下，高声叫嚷着。他们跨过围墙，向鸡舍冲了过来。

"这下完了，强盗巴巴带领他的四十大盗冲过来了。"卡梅拉紧张得透不过气来，"这帮强盗十分残忍，他们会生吞鸡蛋，更可怕的是他们会杀了我们，将鸡舍洗劫一空……"

"我的计划成功了！"强盗巴巴怪声笑道，"鸡舍里只剩下母鸡了！孩子们都过来，安静！瞧，我们的大餐就在眼前……进攻吧！哈哈……"

卡梅拉和小卡门鼓起勇气，试图与敌人谈判讲和。

"在你们还没有犯下不可挽回的错误之前，我请求你们，听我妈妈说几句。"

"巴巴先生，所有的医生都告诫说：不要生吞鸡蛋，这样对身体不好……"卡梅拉说。

卡门接着说:"在森林里还有很多美味的食物,比如蘑菇、胡桃、榛子……"

"我们又不是松鼠!"黄鼠狼们哄然大笑。

"行啦,我们知道那些健康食谱。"强盗巴巴笑道,"每天要吃五种水果和蔬菜。但是,对我们来说,有鸡蛋就够了!"

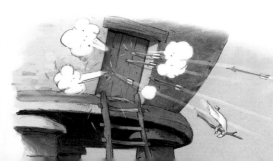

进攻!进攻!

鸡妈妈在小鸡的帮助下组织防御。

"别害怕,卡门!"贝里奥说,"有……我……在呢!"

"爸爸什么时候才会回来呀?只有他才能保卫家园,赶走这帮强盗!"

森林那边,小公鸡们对可恶的黄鼠狼穷追不舍。他们要教训一下这只黄鼠狼,让他知道小鸡们也是不好惹的。

"回来! 回来! "皮迪克大声喊道。

但小公鸡们已经被胜利冲昏了头。

"逮到你啦! 哈哈哈! "

"看,他吓得尿裤子了! "

"哈哈,我们赢了! "

鸡舍里，母鸡们相互安慰着。

"没准农场主瓦丽娜会听到这里的吵闹声，然后提着枪过来，打死这帮坏蛋。"卡丽姨妈冷静地给大家分析形势。

"指望她？想都别想！"卡门忍不住发火了，"瓦丽娜去参加朋友的婚礼了，要三天后才会回来呢！"

"瞧，这是谁呀！你们怎么会在这里？"卡门吃惊地问。
"我……我和我哥哥来看看有什么能帮得上忙的。"
"是啊，是啊！我们很想帮你们打败黄鼠狼。"

"帮我们？那也不用躲到篮子底下吧！"贝里奥愤愤地说。

"啊，炮弹……擒贼先擒王！对，就是它了！"卡门突然冒出一个好主意。

"这是什么武器？"
贝里奥问。

"超级炮弹……呵呵呵！"

"我们准备好了。"刺猬兄弟挤在篮子里，哼哼唧唧地说，"谁要后悔谁就是小狗。"

小鸡们把鸡舍的门打开了……

"唉哟,我被击中了!我被长满刺的炮弹击中了!啊,好痛……"

强盗巴巴痛得逃离了战场,他带来的四十大盗也跟着撤退了……

鸡舍保卫战首战告捷。鸡妈妈和小鸡们为庆祝胜利,开心地唱起了歌。

可是,庆典突然被打断了!鸡舍猛烈地摇晃起来,地板也跟着在往下沉,小鸡们被抛到了空中……

天哪！哪儿传来的巨大声响？

小鸡们好半天才平静下来，却又被卡丽姨妈的惊叫声吓了一跳——

"快看！强盗们拿着梯子过来了。这次他们是有备而来的。这下真完蛋了！"

这可难不倒机智的小卡门，她让贝里奥帮忙找出一个风箱："要开战？那就让他们见识见识我的厉害……"

进攻!

强盗巴巴命令

进攻!

卡门沉着地对"大炮"做了最后的调试,瞄准了敌人……

"贝里奥大人，请给我一把钳子！"

"哈哈，太好玩了。"小鸡们笑嘻嘻地看着卡门忙活。

"唉哟，我被击中了！黏乎乎的，这是什么呀？好臭！恶心死了……"

"妈呀！沾了我一身，我漂亮的皮毛……"

"哇……好臭！这是什么？呸,是鸡屎！"

强盗巴巴气得直跺脚:"你们……你们耍赖！不可以使用化学武器！这是违反战争法的！"

鸡舍里的小炮兵们才不管他说什么呢！

这一场鸡屎大战，打得黄鼠狼节节败退。突然，从地底下又传来一阵阵恐怖的声响。

嘭嘭嘭嘭嘭嘭嘭嘭！！

吓得小鸡们直哆嗦！

　　不知从哪儿来的一股力量，震得鸡舍剧烈地摇晃起来，鸡舍就像一棵无助的小树被狂风吹得连根拔起一样，慢慢地向一旁倒下。

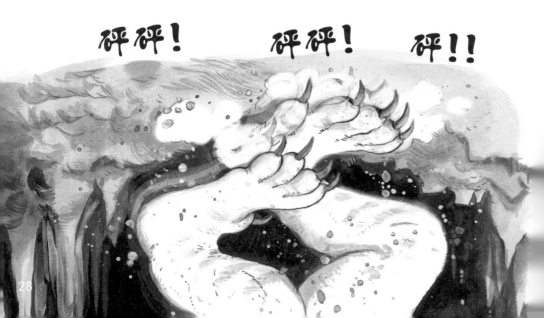

　　强盗巴巴和四十大盗眼看着费尽心机打了半天的仗，却一无所获，垂涎已久的新鲜鸡蛋马上就要沉入水塘……

　　"先是被化学武器打得落花流水，接着又爆发地震让我们同归于尽。气死我了！"

鸡舍一连翻了好几个跟斗,终于停住了。

小鸡们一个个鸡冠摔歪了,腰也扭到了,屁股更是酸痛难忍。

"唉哟,唉哟!妈妈呀,我的屁股……"

"天哪,到底怎么回事?我们的鸡舍成水上人家了!"卡梅拉大喊道。

小鸡们惊奇地发现,这会儿不用再担心黄鼠狼的进攻了。

"划呀划,划小船……♪
鸡舍立在水中央……♪ ♪

黄鼠狼,白费劲…… ♪
趁早给我滚远点…… ♪ ♪

在另一边，小公鸡们被黄鼠狼引诱着，一路猛追。
"不好，是流沙！"小胖墩喊道，"别过去，小心！"

救命啊！

"怎么样，流沙浴的感觉不错吧？"鼻涕虫嘲笑道。
"呵呵，呵呵！我本来不想说，但是……你也用不着
这么使劲拍巴掌吧？"大嗓门笑着说。
"伙伴们，快来看……"小六子招呼大家，"看黄鼠狼
先生洗澡喽！"

"嘿,等一下!"卡梅利多对小伙伴说,"我们不能这样眼睁睁看着他被流沙卷走。那也太……太……"

"太什么,他是坏蛋!是我们不共戴天的敌人!"

但是卡梅利多于心不忍:"以前我们玩打仗游戏的时候,从来不会见死不救!我们应该把这只可恶的黄鼠狼救上来,让他知道我们是谁!"

　　被救上来的黄鼠狼跪倒在小鸡们面前："太感谢
了！要是没有你们，我就去见阎王爷了！"

　　"作为交换……"卡梅利多提议道，"你们不许再
攻击鸡舍了！"

　　"我保证！"黄鼠狼连忙答应。为了表示诚意，他
马上把自己的武器献给了胜利者。然后趁小公鸡们
还没改变主意之前，迅速地消失在丛林里。

　　虽然晚了一步，皮迪克和鸬鹚佩罗还是气喘吁
吁地赶到了："小伙子们，我们都看到了……我们远
远地看到了。真了不起！祝贺你们，勇敢的战士！"

强盗巴巴气得像跳蚤一样上蹦下跳。

他没法忍受自己竟然被一群母鸡给耍了：
"我是谁，我可是伟大的强盗巴巴！"

他指挥四十大盗偷来鸬鹚佩罗的木桶。

"看我们的了！登陆，小伙子们！"

　　鸡舍现在就像一座漂浮的城堡，眼看着穷凶极恶的黄鼠狼就要划过来了，小鸡们再也找不出可与之对抗的武器。

　　她们决定先想办法和敌人谈判。这个谈判要讲究技巧，既要斗智，又不能让对手觉察出自己在使小聪明。但要是谈判失败了，怎么办？

　　就在敌人靠得越来越近的时候，池塘里冒起了水泡……

"讨厌！吵够了没有？烦死了！谁搅了我的午觉？"

突然，一条鳞光闪闪的大白龙从水中腾空而起，一时间水花四溅。她一声怒吼，把黄鼠狼的舰队掀翻在水里。

她就是传说中的祖龙——贝塔，是所有龙的祖先！

如果你觉得她太老了……

好心奉劝一句，千万别让她听到，惹恼了她可不得了！

　　"今天到底是什么日子呀？刚和黄鼠狼打完仗，接着又是地震……现在又来了一位复仇女神！"
　　"古话说得好……"卡丽姨妈叹了口气，"福无双至，祸不单行……"

"小子,别不服气!被我打败的人比你们有名气多了,像阿波罗、大力士、圣乔治……哪一个都不是好惹的!"

"所有这些英雄都自吹能屠龙,到最后……我祖龙贝塔还不是活得好好的!"

"你们……只会欺负弱者,是吧?再让你们尝尝被火烤的滋味!"

"饶命啊,饶命啊!祖龙奶奶,我们以后再也不敢了!"黄鼠狼们哀求道。

"没什么以后了,速战速决!别跟我来这套骗人的把戏,一切该结束啦!永别了,强盗巴巴和四十大盗!"

"你们好,女士们、小姐们!"贝塔的声音变得十分温柔,"别害怕,我是你们的地下邻居,祖龙——贝塔。"

"邻居……真的吗?如果没记错的话,好像我们从来没在走廊里碰到过。"

"这不重要。事实上我已经在你们鸡舍底下的地下洞穴里,舒舒服服地住了快五个世纪了。"

"但……不是所有的龙都被骑士们杀死了吗?"卡梅拉问。

"呵呵!那都是他们为了骗取公主的芳心,胡编乱造的故事。"贝塔大笑道。

　　"外面的声音吵得我睡不成午觉,我气得敲了敲天花板,想叫他们安静点。可我没想到我的力气……"

　　"地震,是你干的?"小鸡们齐声问道,"你好呀,破坏大王!"

　　"别担心!我会把你们的鸡舍归回原位的……好啦,等我再把周围清扫一下,就一切都完好如初了!"

"祖龙贝塔,谢谢你救了我们……"

"哦不,别这么说!"贝塔有点不好意思,"很乐意为你们效劳。我一高兴就忍不住要喷火玩了……"

随后,祖龙贝塔挪了挪了身子,又说:

"我为你们骄傲,女士们!你们没有一个胆小鬼!"

"我不能和你们聊太长时间,说不定一会儿又来一个骑士,找茬和我打架,我可不想没事找事变成烤香肠。还是回到洞里睡大觉更舒服。千万别把我的藏身之处说出去,你们能遵守诺言吗?这是我们之间的大秘密!"

"我们以鸡舍的名义担保,保证不会说出去!"

"再见,祖龙贝塔!"

不一会儿，英勇的小公鸡们凯旋归来了。
"卡梅利多！"贝里奥跑出去迎接好朋友。

"爸爸，我想死你了！"卡门开心地
扑进爸爸怀里。

卡梅利多、小胖墩、鼻涕虫、大嗓门、小六子和其他的小公鸡都站在围墙上，大声欢呼着庆祝胜利。这一天，将永载于小鸡们的历史当中。

"不用害怕,女孩们! 保卫家园是我们的职责!"
小胖墩骄傲地说。

　　"是啊! 有我们在,世界就会永保和平!"大嗓门
大声宣告。

　　"从此以后,再也不会有黄鼠狼出现了! 是吧,伙
伴们?"卡梅利多总结道。

　　"你们真的好厉害,都是战斗英雄啊! 是
吧? 妈妈!"卡门和小母鸡们默契地笑了起来。

鸡舍里又恢复了往日的欢乐气氛。小公鸡们狂热地爱上了踢足球,鸬鹚佩罗当裁判,卡梅利多当守门员。

　　"传球,大嗓门! 给我球!"

　　"先生,先生! 你越界了!"

　　"不是,鼻涕虫绊了我一脚!"

　　"罚点球!! 罚点球!!"

　　"嘘,安静点! 孩子们,有人在睡觉……"